AF573495

LA POMPEVSE ET MAGNIFIQVE CEREMONIE DV SACRE DV ROY LOVIS XIV.

Fait à Rheims le 7. Iuin 1654.

REPRESENTEE AV NATVREL par ordre de leurs Maieſtez.

A PARIS,
De l'Imprimerie d'EDME MARTIN, ruë S. Iacques, au Soleil d'or.

M. DC. LV.

A MONSEIGNEVR L'EMINENTISSIME CARDINAL MAZARIN.

ONSEIGNEVR,

Comme toute l'Europe n'a ſeulement qu'vne connoiſſance éloignée des miracles que le Diuin Genie de V. E.

produit tous les iours à l'auantage & à la gloire de la France ; i'ay creu qu'elle ne deſapprouueroit pas en ſuite des ordres que i'en ay receus de leurs Maieſtez, que ie miſſe au iour les planches qui ont eſté grauées ſur les deſſeins que i'auois fait, d'vne des plus illuſtres, des plus pompeuſes, & des heureuſes actions de V. E. que ce ſeroit le moyen d'en faire paſser dans les pays les plus éloignez les marques viſibles, & leur confirmer par les yeux ce qu'ils n'auoient appris que par la ſeule voix de la Renommée.

Il n'eſt pas neceſsaire de nommer cette action, puiſque tout le monde ſçait qu'elle á eſté le prognoſtique auantageux des priſes de Stenay & de Clermont, du ſecours d'Arras, & la pierre fondamentale des heureux ſuccez qui ont ſuiui cette victoire, tant pendant la campagne passée, que pendant celle-cy où les conquestes de Landrecy, de Condé & de S. Ghilain n'ont esté que les preparatifs pour de plus hautes entreprises, qui, comme nous esperons, forceront les ennemis à nous demander la paix qu'ils ont refusée, qui leur est si necessaire, & qui est recherchée par V. E. pour le repos de la France, auec des soins inconceuables.

La modestie, MONSEIGNEVR, *de V. E. me permettra s'il luy plaist de publier, que par sa conduite ordinaire, que par son esprit tout clairuoyant, & par les sentimens religieux de sa pieté, elle auoit leu dans l'auenir, que rien ne pourroit resister au bras de nostre inuincible Monarque dés le moment que Dieu par vne grace toute particuliere aux Rois de*

France, l'auroit mis au nombre de ses Oingts, & qu'estant fortifié de la sainte Huile il imprimeroit plus puissamment la terreur dans les troupes ennemies.

Les effets en cette occasion comme en toutes autres n'ont pas trompé la preuoyance de V. E. ny nostre attente: l'Espagnol éprouue iournellement par ses pertes, qu'vne Puissance souueraine prend part dans nos interests: & la France presentement ressent les douces influences de tant de conquestes & de victoires, que l'on peut auec iustice appeller les fruits de vos sages conseils.

Ie lairray aux plumes des Ecriuains le soin de donner aux siecles futurs l'Histoire de Vostre Eminence, pour leur seruir d'exemple & de regle; & ne me reserue que celuy de luy offrir ces trois plan-

ches de la Ceremonie du Sacre. Ce m'auroit esté vne consolation extréme dans mes blessures, si elles m'auoient permis de les grauer auec la mesme facilité que ie les ay designées; mais cette blessure que i'ay receuë à la main droite, m'a obligé de me décharger de cette peine sur la dexterité d'vn homme du mestier, qui à la verité y a réüssy au delà de mon attente; ce qui me fait esperer qu'elles pourront agreer à V. E. aprés l'approbation qu'il luy a plû de donner à mes desseins. C'est dequoy ie la supplie tres-humblement, & de croire que sans cet obstacle ie ferois voir au public les plans des sieges les plus memorables qui se sont faits pendant son Ministeriat, & où i'ay eu l'honneur de seruir leurs Maiestez dans la conduite des trauaux. Ie rechercheray auec passion ceux qui me pourront fournir les occasions de témoigner que ie suis, comme ie le dois,

DE VOSTRE EMINENCE,

MONSEIGNEVR,

Tres-humble, tres-obeïssant &
tres-fidele seruiteur
LE CHEVALIER AVICE.

ti aux rudes loix de la Perspectiue, de sorte que toutes les figures iusques aux plus petites, sont posées sur leur plan en quelque situation qu'elles soient.

Quant à l'ordonnance, aux iours, aux ombres & aux reflex, ie me suis estudié à y donner la plus belle œconomie qui m'a esté possible, afin de n'y rien embroüiller & de débarasser les figures des tapisseries d'auec les viuantes. Les Experts sçauent que quelque bel obiet que l'on veüille representer, il n'est iamais auec toutes ses forces & ses iours à moins que d'en emprunter de l'Art. C'est ce qui s'est trouué de plus difficile à executer dans la representation d'vne si grande architecture, ornée de quatre tentures de tapisserie les vnes sur les autres, & accompagnée d'vn nombre infiny de personnes, dont les éloignées sont presque reduites en atomes.

Ie me suis assuietti à ne rien obmettre de tout cé qui estoit dans l'enceinte du lieu où s'est fait la ceremonie, mesme iusques aux tapisseries que i'ay bien voulu representer, puisque ce sont les plus belles de la Couronne. Vous y verrez cette fameuse tenture des Actes des Apostres, de Raphaël d'Vrbin; l'Histoire de saint Paul, de Iule Romain; & cette belle tenture du mesme des guerres d'Annibal & de Scipion, & plusieurs autres, qui par l'éloignement ne se monstrent pas si bien à l'œil.

I'ay mesme recherché auec estude les draps de pied du parterre des deux grands escaliers du Iubé, le tour de velours & de brocard d'or par bandes, rehaussé de fleurs de lys d'or, sans oublier les moindres petits ornemens de l'Architecture Gotique, & les figures des vitres.

Ie m'asseure que vous admirerez la hardiesse du Graueur, d'auoir entrepris de mettre la main sur des planches d'vne si grande estenduë, & d'auoir si bien possedé son eau forte, qu'elles soient toutes venuës, sans y retoucher, aussi nettement qu'elles vous apparoissent; ayant donné à vn ouurage d'vn si grand trauail toutes les beautez de la science Pittoresse, & vne si belle entente, que toutes les figures ne sont venuës ny trop seiches ny trop coupées, mais dans vne vnion & vne force admirable.

EXPLICATION
DE LA PREMIERE PLANCHE
DV SACRE DV ROY,

REPRESENTANT LA SEANCE DE SA MAIESTE', des Ducs, & de tous les Officiers de la Couronne, pendant le temps que les quatre Barons sont allez à l'Eglise de saint Remy querir la sainte Ampoulle.

A L'Autel où le Roy doit estre sacré.

B Monsieur l'Euesque de Soissons, premier Suffragant de Rheims, qui doit sacrer le Roy.

C Le Roy en habit blanc, tout disposé à receuoir l'Onction.

D Messieurs de Noüaille, & de Charrault, Capitaines des Gardes du Corps du Roy.

E Monsieur le Marquis d'Humieres, Capitaine des cent Gentilshommes, dits Becs de Corbin.

F Monsieur le Mareschal d'Estrée represente le Connestable de France, tenant l'espée nuë à la main.

G Monsieur Seguier fait sa charge de Chancelier de France.

H Monsieur le Mareschal de Villeroy, represente le Grand Maistre de la Maison du Roy.

I Monsieur le Duc de Ioyeuse, fait sa charge de Grand Chambellan.

K Monsieur de Viuonne, fils de Monsieur le Duc de Mortemart, fait sa charge de Premier Gentil-homme de la Chambre du Roy.

L Monseigneur le Cardinal Grimaldi represente le Grand Aumosnier de France.

M Monseigneur le Cardinal Mazarin, premier Ministre d'Estat.

Seance des Ducs & Pairs Ecclesiastiques.

N Monsieur l'Archeuesque de Bourges au lieu de l'Euesque de Laon non sacré.

O Monsieur l'Archeuesque de Roüen pour l'Euesque Duc de Langres.

P Monsieur l'Euesque & Comte de Beauuais, Pair de France.

Q Monsieur l'Euesque Comte de Chalon, Pair de France.

R Monsieur l'Euesque Comte de Noyon, Pair de France.

Seance des Pairs & Ducs laïcs.

S Monsieur le Duc d'Anjou frere vnique du Roy, represente le Duc de Bourgogne.

T Monsieur le Duc de Vendosme represente le Duc d'Aquitaine.

V Monsieur le Duc d'Elbeuf represente le Duc de Normandie.

X Monsieur le Duc de Candale represente le Comte de Champagne.

Y Monsieur le Duc de Rohannois represente le Comte de Flandre.

Z Monsieur le Duc de Bournonuille represente le Comte de Toulouze.

Seance des trois Mareschaux de France qui doiuent porter les honneurs.

1 Monsieur le Mareschal de l'Hospital, qui doit porter la Couronne.

2 Monsieur le Mareschal du Plessis-Praslin, qui doit porter le Sceptre du Roy.

3 Monsieur le Mareschal d'Aumont, qui doit porter la Main de Iustice.

Seance des quatre Secretaires d'Estat.

4 Monsieur de Brienne.

5 Monsieur de la Vrilliere.

6 Monsieur du Plessis-Guenegaud.

7 Monsieur le Tellier.

8 Banc où estoient plusieurs Ducs, Mareschaux de France, & Premiers Gentils-hommes de la Chambre, & autres personnes de qualité qui n'officioient pas dans la Ceremonie.

9 Banc où estoient plusieurs Euesques en rochet, & quelques Officiers du Parlement de Paris.

10 Loge magnifiquement parée où est la Reine mere du Roy, accompagnée de la Reine d'Angleterre, & des Princesses, & Dames d'honneur.

11 Echaffaut où sont les Filles d'honneur de la Reine.

12 Continuation d'échaffauts qui regnoient tout autour du Chœur de l'Eglise, où estoient plusieurs Seigneurs & Dames de qualité de la Maison du Roy & de la Reine.

13 Vne partie des Chaires où estoient les Chanoines.

14 Monsieur de Rodes Grand Maistre des Ceremonies de France.

15 Monsieur de Saintot Maistre des Ceremonies.

16 Monsieur de Saintot le fils, Ayde des Ceremonies.

17 Messieurs Berrurier, & Antoine, Huissiers de la Chambre du Roy, portans chacun vne Masse d'argent.

18 Les Herauts de France.

19 Les Gardes Ecossoises de la Manche.

20 Les quatre Barons arriuant de S. Remy, vont prendre leur seance.

21 Les Tambours, Trompetes, Hautbois & Fifres arriuant dans le Chœur de l'Eglise, marchant deuant la sainte Ampoulle, qui est encore dans la Nef de ladite Eglise.

22 Seance des quatre Seigneurs qui doiuent porter le pain, le vin & la bourse à l'Offerte.

23 Tableau au bas de l'estampe, où est representé la Iournée qu'eut le Roy en suite de son Sacre contre ses ennemis, dans le memorable secours d'Arras; le Roy poursuiuant ses aduersaires l'épée dans les reins.

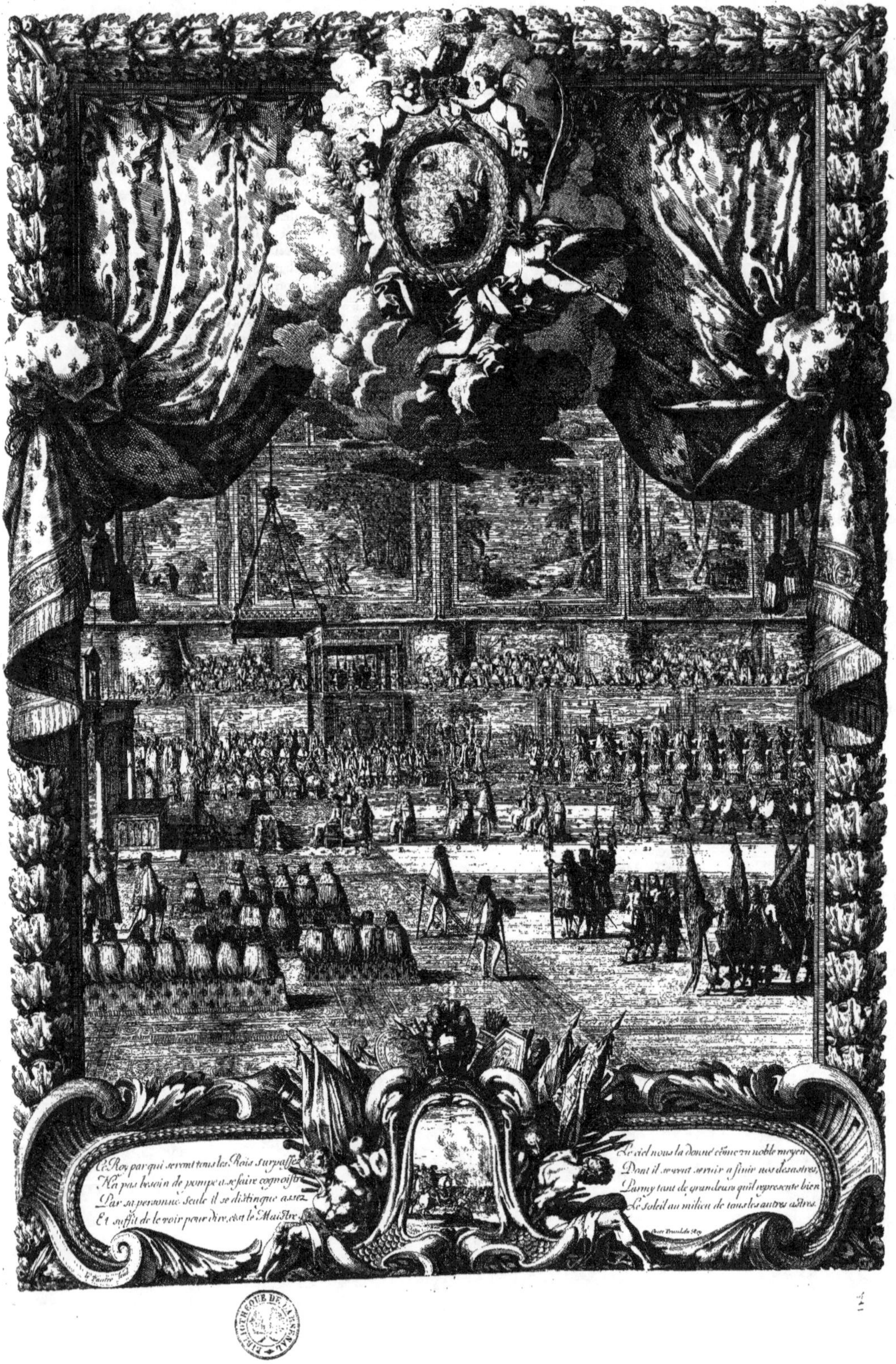

Ce Roy par qui seront tous les Rois surpassez
N'a pas besoin de pompe a se faire cognoistre
Par sa personne seule il se distingue assez
Et suffit de le voir pour dire, c'est le Maistre.

Le ciel nous la donné cõme vn noble moyen
Dont il se veut servir a finir nos desastres,
Parmy tant de grandeurs quil represente bien
Le soleil au milieu de tous les autres astres.

le Pautre sculp

Avec Privil. du Roy

EXPLICATION
DE LA SECONDE PLANCHE
QVI REPRESENTE
La grande Ceremonie faite à l'Autel, du Sacre & du Couronnement du Roy.

A L'Autel où le Roy est sacré.
B Le Roy ayant receu l'Onction se releue pour prendre la Couronne.
C Monsieur l'Euesque de Soissons tient la Couronne du Roy, tandis que tous les Ducs & Pairs s'approchent, pour y mettre tous la main, afin de la poser sur la teste du Roy.
D Monsieur le Chancelier.
E Monsieur le Connestable.
F Messieurs les Pairs Ecclesiastiques.
G Messieurs les Ducs & Pairs laics.
H Monseigneur le Cardinal Grimaldi.
I Monseigneur le Cardinal Mazarin.
K Plusieurs Euesques en rochet, qui n'officioient pas.
L Les trois Mareschaux de France portans les honneurs.
M Les quatre Secretaires d'Estat.
N Messieurs les Barons qui furent querir la sainte Ampoulle, ayans chacun vn Guidon à la main armorié de leurs armes, estoient M. de Richelieu, M. de Biron, M. de Coaslin, & M. de Manchiny.
O Les Maistres des Ceremonies.
P Loge proche l'Autel, où estoient les Reines de France & d'Angleterre.
Q Les Gardes Ecossoises de la Manche.
R Les Herauts.
S Les Trompettes, Tambours, Hautbois & Fifres.
T Exempts & Gardes du Corps du Roy, estans vers la porte du Chœur, pour empescher le desordre.
V Pauillon où le Roy fut se confesser.
X Messieurs les Ambassadeurs, de Rome, Portugal, Venise, Genes, &c.
Y Toute la Musique de la Chapelle du Roy.
Z Lieu où estoient les Filles de la Reine.
1 Les Chanoines dans leurs hautes & basses chaires.
2 Echaffaut autour du Chœur, où estoient toutes sortes de personnes de qualité.

A droit & à gauche du Chœur estoient les cent Gentilshommes dits Becs de Corbin, & Monsieur le Marquis d'Humieres à la teste; & dans ce grand nombre d'Officiers qui sont necessaires auprés du Roy, vous y remarquerez tous ceux dont i'ay parlé dans la Seance: sçauoir, le Grand Chambellan, le Grand Maistre de la Maison du Roy, le Premier Gentilhomme de la Chambre, & les deux Capitaines des Gardes du Corps, les deux Huissiers de la Chambre, & les premiers Valets de Chambre de quartier, qui ne se peuuent pas monstrer par lettres de renuoy n'estans plus dans la seance, & estant meslez les vns parmy les autres; comme aussi les Euesques assistans, celuy de Rennes, de Coutances, de Rhodes, de S. Pol, d'Agde, & celuy de Leon.

Inépuizable source ou lon puize toujours,
Hüile, sur tant de Rois dignement répandue,
Vous seruez des mille ans, mais en nos derniers Jours
Tout exprès pour Loüis vous seriez descendue.

Vous attirez la grace, aussy présume lon
Quelle s'accroîst icy par vn heureux prodige,
Et quil sen verse plus dessus le Rejetton
Quil ne sen est versé dessus toute la Tige.

2

EXPLICATION
DE LA TROISIESME PLANCHE
ET DERNIERE ACTION DV SACRE,

Sçauoir le Roy ſur ſon Trône au Iubé ſous le Crucifix de l'Egliſe, entendant la grande Meſſe, qui ſe diſoit à l'Autel où il auoit eſté ſacré.

A Le Iubé ouuert à droit & à gauche.

B Escaliers posez aux ouuertures dudit Iubé, de quarante marches chacuns, pour monter au Trône du Roy.

C Autel sur le Iubé, où se dit vne Messe basse pendant que l'on dit la grande au maistre Autel.

D Le Roy sur son Trône éleué de quatre marches au dessus du niueau du Iubé.

E Messieurs les Capitaines des Gardes du Corps.

F Messieurs les Chambellans.

G Monsieur le Chancelier, Monsieur le Connestable, & le Grand Maistre de la Maison du Roy.

H Messieurs les Pairs Ecclesiastiques.

I Messieurs les Pairs laics.

K Monsieur frere vnique du Roy.

L Monsieur le Prince Eugene, portant la queuë du manteau Royal de sa Maiesté.

M Loge où estoit la Reine mere du Roy, accompagnée de la Reine d'Angleterre.

N Place où sont Messieurs les Ambassadeurs.

O Place où sont les Filles de la Reine.

P Musique du Roy.

Q Echaffaut où sont plusieurs personnes de condition.

R Messieurs les Barons.

S Gardes Ecossoises de la Manche.

T Porte du Chœur.

V Escaliers ordinaires du Iubé pour l'vsage des Chanoines.

X Monseigneur le Cardinal Grimaldi montant au Trône du Roy, pour luy faire baiser la Paix, portée par Monsieur l'Euesque d'Amiens faisant la charge de Diacre.

Y Monsieur l'Euesque d'Amiens.

Z Six Herauts marchant deuant Monseigneur le Cardinal Grimaldi, & s'ouurant à droit & à gauche, donnent passage audit Seigneur Cardinal, & les Herauts restent au bas iusques à ce que ledit Cardinal descende.

1 Maistre des Ceremonies accompagnant Monseigneur le Cardinal Grimaldi.

2 Les quatre Seigneurs portans l'Offerte au Roy;

Monsieur de Souvré, le vin dans vn riche vaisseau,

Monsieur le Comte d'Orual, le pain d'or,

Monsieur de Sourdis le pain d'argent,

Monsieur de S. Simon vne bourse, dans laquelle il y auoit treize pieces d'or de grand prix. Ils portoient tous ces presens sur de riches voiles.

3 Exempts & Gardes du Corps, tenans la porte du Chœur.

4 Gardes du Corps de la Reine.

5 Chanoines dans leurs chaires.

Durant le temps que l'on disoit la Messe, & que l'on faisoit liberalité des especes d'or, l'on lâcha vn grand nombre d'oiseaux; qui est vne ancienne magnificence que vous remarquerez estre obseruée dans cette planche au haut de la voûte.

Il ne s'en tiendra pas à l'empire François,
On en voit sur son front une infaillible marque,
Pour si maiestueux, et si grand que tu sois,
Throsne, tu ne l'es pas assez pour le Monarque.

Quelque élevé que soit nostre commun appuy,
Et quelques diamans qui parent sa Couronne,
Il ne le point flatter, l'éclat qui vient de luy
Relève de beaucoup l'éclat qui l'environne.

www.ingramcontent.com/pod-product-compliance
Lightning Source LLC
LaVergne TN
LVHW050511160826
845677LV00003B/1061
9782329645384